목련 기차

시작시인선 0351 목련 기차

1판 1쇄 펴낸날 2020년 10월 15일
지은이 김만수
펴낸이 이재무
책임편집 박은정
편집디자인 민성돈, 장덕진
펴낸곳 (주)천년의시작
등록번호 제301-2012-033호
등록일자 2006년 1월 10일
주소 (03132) 서울시 종로구 삼일대로32길 36 운현신화타워 502호
전화 02-723-8668
팩스 02-723-8630
홈페이지 www.poempoem.com
이메일 poemsijak@hanmail.net

ⓒ김만수, 2020, printed in Seoul, Korea

ISBN 978-89-6021-520-7 04810
      978-89-6021-069-1 04810(세트)

값 10,000원

목련 기차

김만수

천년의
시 작

시인의 말

갇힌 몸이 다시 갇혔다.
햇살의 통로가 보이지 않는다.
차갑고 날카로운 불꽃이
하얗게 봉해진 입을 숨긴 사람들 사이로
붕붕 떠다니고 있다.

제비산길 언덕을 내려온 지 두어 해가 지났다
아직도 그리운 바다에 가 닿지 못하고
낡은 골목 안에 얼쩡이고 있다.

갇힘과 풀림 그 분탕스런 무질서의 틈새로
청계淸溪,
푸른 바람 소리 물소리 번지는 아침
무거운 그늘을 씻고
유목의 언어들을 꿰어 다시 매듭을 묶는다.

저만치 소리 없이
목련 기차
또 오고 있다.

2020년 초가을
시향채에서

차 례

시인의 말

제1부 백화에게

목간木簡

이슬처럼 머물다
먼 강물 소리에 묻어가는
그대를 따라갑니다
사랑은
아슬한 굽이마다 내걸린
희미한 등롱이었지요
그대 사랑하는 저녁을
여기
마디마디 새겨 보냅니다
청댓잎 새순으로
다시 피어오르시어
푸른 마디마다 매단
눈물방울들
보십시오

저장강박증후군貯藏強迫症候群

나는 몇 개의 상자를 간직하고 있다
그 속 낡은 사계가 있고
몇 개의 멈춘 시계와
냉동 꽁치 한 쪽이 있다
어두운 전구와 그 아래
꺼지지 않는 잉걸불 쓸어안고 있는
동업자가 있다
간직한다는 건
가벼운 길을 무겁게 거머쥐고 가는 것
서로 충돌하지 않는 복음서와
깊이 쌓인 눈물과
눈물 끝에 돋아나는
수첩인 듯 매몰된 사랑 같은 것

철봉에 걸어두고 온
구겨진 안경과 짧은 치마들과
찢어진 주소록이
안녕한지 궁금하다

목련 기차

산 역山驛
눈보라 속
자욱한 눈바람 밀며 오는
엔진 소리 들리면
오래 서있던 숲정이 갈피마다
창을 내리고
등불 하나씩 내겁니다

누군가 전설이 새겨진
하얀 꽃잎을 건내며
사부자기
순은純銀의 단추를 여미는 밤
가지 끝마다
기차는 와 닿아
세상을 향해
환한
개찰구 엽니다

월성月城

몸을 조금 비틀어
서천西川 건너는 달을 바라본 걸까
서쪽 문지門址에 누워
온몸으로 성城을 떠받치며
반달이 된 사내들

북쪽 해자垓字엔 토우土偶들
휘적휘적 물 건너는 소리
화강암의 각을 떠서
제국帝國을 이뤄가는 자들 종종걸음 소리
어허 달구
노을 속 회다지소리
감감해지는데

어쩌는지
도무지 잠이 오지 않는 밤
몰래 성루에 오른 어머니
형산 아래 띠집으로 돌아간 걸까

느릅 가지 헤치며 여드렛 달

서천 건너는데
어쩌는지

순음청력실에서

보이지 않는 곳에서
증기기관차가 와 닿았다
플라스틱 하늘로 새들이 날고
구르는 물소리
왼쪽 천장에서
어머니의 마을 쪽으로 지나갔다

앞섶 풀어헤쳐
너무 많은 얼룩들 담아 들인 것일까
희미한 색깔들이 저만치 멀리 있는 듯
살별들 차르르 몰려가
바다에 떨어지는 소리가 들렸다

아버지는 끝이 막힌 세반고리관을 흔들다 가셨고
나는 캄캄한 유리 상자 속에서
이런 소리들 잡아내며
시린 겨울을 밀어내고 있다

시인 1

화려한 그들의 저녁 문루에서 튕겨 나와
쑥밭으로 간다
꺾인 부분과 베인 면에
마지막 유전자
서정의 기호들 새어 나온다면
기꺼이 바람을 따라
내려가고자 한다

가랑눈 치는 하구河口

기다리지 않았으니
떠나는 것도 지워지는 것도
결코
지독한 일이 아니다

에이란 쿠르디*

거기에도 갯메꽃은 피어있는 거니

영혼이 빠져나간 곳에
조국祖國은 너를 데려가지 못하고
에게해海 찢어진 물 위에 너를 얹고
지나가 버렸다
주검으로 엎어진 물 위에 엎드려 들여다본
화려한 지구의 안쪽은 평안하니
거기도 살벌한 국경과 가시 돋힌
바리케이드와 평화 조약
수갑과 발길질이 있고 로켓포는 날아오는 거니
올리브 나무들이 가려주지 못한 총구와
다국적 페리들이 실어 나르지 못한
수많은 쿠르디들이
엎어진 바다
흐린 물속에 보이는 거니

좁은 등짝 붉은 발
어린 디아스포라
쿠르디 에이란 쿠르디

＊ 에이란 쿠르디: 에게해 해변에서 엎어진 채 주검으로 발견된 3세 된
시리아 난민 소년.

왕의 길
—신문왕神文王

아버지 나무 물결 타고 가신 길
나도 갑니다
물의 뼈를 일으켜 세운
당신의 차가운 궁전까지
걸어 서천 건너는 반달 함께
요석의 법주 한 병 차고
수릿재 단풍 물결 따라 오릅니다

월정교 나무 회랑에서
당신이 본 건 무엇입니까
해룡海龍 타고 요동의 삼림을 건너는
제국의 불꽃이었습니까

추령楸嶺 넘어오는 기별 기별들
하늬바람 일렁이는
월성月城 계림鷄林 지나
대번 바다 물결 속 옥대玉帶 하나
푸른 대피리 하나 건지러
기림祇林 선원禪院 독경 소리 밟으며
함월含月 자락 오릅니다

족장 K2

깃발과 기치가 죽은
기지基地는 자주
서쪽으로 흐르는
저녁 강물 속에 방치되었다
잘 열리지 않는 물의 궤짝에
창窓을 내고
파랑새를 기다리던 날이 있었다
해자垓字의 연밥들 하나씩 주저앉고
검은 물을 밟고 오는
발자국 소리 진창에서 들리면
지상에서 가장 가까운
꽃의 기지까지 기어갔다
가지고 가는 불이 없으므로
거처는 젖었고
오랫동안 습기에 감염되어
떠오르지 못하고 납빛 기침이 깊어갔지만
지층에서 날아오를
파랑새를 찾아
묵계의 계단을 오르고 또 기어올랐다

마지막 미션
—카시니 하위헌스[*]

죽음의 다이빙

7년을 날아가 검은 별과 마주한 후
기름 냄새 가득 찬 낡은 거죽을 안고
그는 죽었다
그의 장례식은 쓸쓸한 다이빙을 보는 것이다

화염 두르고 몸 던지는 그를
오래 앉았던 나무 의자와 돋보기안경을
정신을 꿰어오던 빛의 화살을
오지랖에 싸안고 뛰어내리는 그를 본다
타이탄의 빛나는 눈물과 거수경례를 뒤로하고
하나의 양철 조각이 되어
깊은 은하로 내려앉는 것이다

사방이 시린 직벽
빛 조각들 모아 집을 얽고
끝내 어두운 빛 부스러기로 흩어져 가는 그를
팬지 꽃문 닫히는 저녁
초록 별 창밖 그늘이 설핏 지고

책상 왼쪽 잉크병 잔잔히 흔들리는 저녁
팔방으로 날아가
몇 개 점으로 흩어져 버리는
쓸쓸한 다이빙
카시니 하위헌스

* 카시니 하위헌스: 토성 탐사선.

서행西行

마른 잔디 위
늙은 개와 위층 여자
낡은 끈에 매달려 걷고 있다
십육 년을 묶여 산 해피
사십 년을 견딘 여자

고개 처박은 채
서로 묶인 끈의 느슨한 간격으로
이승의 시린 회랑을 돌고 있다
쿵쿵거리지 않고 기척도 소리도 없이
애완의 시간을 봄볕에 말리고 있다
휘발된 떨림 혹은 애증의 보푸라기들
물 빠진 거죽들
서쪽으로 밀어내고 있다

그들 청춘의 시간들에 대한 간략한 기록이
행정복지센터 캐비닛 속에서 마르고 있는 동안
은빛 나이프는 녹슬고
금발의 털은 빠져나가고

>
어디로도 응시하는 데 없이
초점 풀어져 버린 실루엣들을
105동 직각 그림자가
가만히 가려주고 있다

일월동

경주 개무덤가에서
낮 빼갈을 따르며 울었습니다
모시조개
아까징끼 같은 일월동 아이들
낡은 소매에서 자꾸자꾸 가을 울음을 꺼내
돌려 마시며 울었습니다
방풍림 너머 어렁불
가난한 부족部族의 재건을 위해
거친 물너울 건넜던 그들

나는 따뜻한 별싸라기들 만지작거리며
자꾸 먼 데를 바라보았습니다

백화白花에게

싸락눈 내리는 찬내 삼거리
버스를 기다리지 마라
길은 모래에 묻히고 포구로
내려가는 양철 버스는 죽었다
겨울나무 엔진들은 꺼져가고
삼포로 내려갈 기름은 얼마 남아있지 않다
우물재 뻐꾸기들도
흙 벼랑 위 어린 해병들의 동쪽 문도 곤조가도
갈매기집 슬레이트 지붕도
희한한 세월 속 웅웅거리다 스러졌고
수많은 정씨와 영달이
지하 도시로 가고 있다
팔각 거울 칸칸 복사되어
희뿌윰히 찢긴 꽃잎들 쿨렁거리며
오지 않는 막차
기다리고 있다

시인 2

돌아가자
독毒이 가득 찬 가을의 복무와
녹슨 사유에서 뛰쳐나와
두건頭巾과 알약들 내려놓고 가자
가늠과 눈치의 빛나는 하체를 벗고
끌어당기는 80년대를 딛고 돌아가자

거기 제법 높은 가지까지
바람에 흔들리는 거기까지
빠르게 매몰되는 종아리와
조여오는 올무를 벗어버리고 가자

돌아가자 결국의 결국에게로
가고 말자
푸른 미세먼지와 맑은 그늘이
점령해 가는 거기까지

이스트

촘촘히 기어간 벌레들의
지독한 투신
부풀어 올라 길이 되는 걸
아침 빵을 뜯으며
그 속에 난 길을 본다

평생 내 속으로 퍼지던 이스트가 있었다

부풀어 오른 만큼 무거웠고
주저앉아 그 높이만큼 내려갔다
그 속에 나를 구겨 넣으면
곰팡내 나는 빵이 되거나
발효된 종기가 되어 나오곤 했다

봄비 따라 촘촘히 스미는 하얀 가루
스며서 낡은 풍금소리가 되기도 하는
새하얀 한 줌 가루
오지랖에 희끗하다

가을 시향채

학산사 솔숲에서 딱새 떼 날아들면
조금씩 할증되는 가을

마른 꽃을 흔드는 저녁 바람과
먼 강 따라나서는 불빛들이
창憽을 떼어내 메고 가는 걸 바라본다
강가의 여자들이 떠나고
나는 대책 없이 서성이다가
다시 낡은 부속으로 돌아가 꽂힌다

밀물처럼 은행잎들이 쓸려 오면
남자들의 연체된 시간과
아낙들의 닳은 산호가
얼마 남아있지 않음을 알 것 같다
그들은 더 가난해질 것이고
저녁 기차를 기다릴 것이다

모든 결핍은 고요하고
남겨지는 것들에는 깨진 동라銅鑼 소리가 난다
슬밋슬밋 어둠의 쇠못 돋는 장성동

거기 없는 나를

가만히 걸어놓는다

나는 매일 매몰된다

그림자 속으로 그림자가 되어 끼어들고
그림자였던 적이 없었던 것처럼
태연히 그림자로 사랑하며
통증을 밟고 꽃의 나라까지 가곤 했다

아버지는 낮은 지등紙燈 하나를 켜고
그림자 속으로 들어가
발효되고 있다

아버지 쌓아둔
어둠의 선반과 상자들 속
거기 납작하게 수납되는 나는
그늘 많은 표지처럼
매일 매몰된다

제2부 축제를 파는 가게

초도草圖

장성시장 가판대
종일 깐 잔파 위에
신선한 그늘을 씌우고 있다
바다건재상 문짝에 묶인
선풍기 날개들 팔랑거리며
골목 안쪽을 힐끔거리는 거기 나도
진종일 2층 창가에서
국숫집과 고래 고깃집 영주식당을 내려다보거나
동네 빵집 새 빵 굽는 냄새에
쿵쿵거리며 매달려 있다
뒤란 고욤나무 이파리를 뒤적이는
참새 떼 튀어 오르면
찢어진 천장 펄렁이는 시장 광장 구석으로
욕쟁이 할매가 오고
핑핑 명함을 날리며 스쿠터가 지나고 있다

소멸을 궁리하는 마지막 마을
이 골목의 일들이
스르르 닫히는 노을 속
재개발 낡은 처마 앞 위생차가
오랫동안 멈춰 서있다

난청難聽

찢어진 파장이 불규칙적으로
마지막 통로로 떠밀려 간다
안행雁行의 면 서랍 속에는
오래 마르지 않는
가늘고 높은 가을 울음소리가 꼴싹 하고
청춘의 매듭을 묶어주던 단파방송
그 푸른 주파수들 아직 반짝이는데

분분한 소리를 주우며 나는
어디로 가고 있는 걸까

나를 뚫고 지나는 바람에는
굴절된 소리가 붙어있음을 안다
저 어두운 투시 끝으로
소멸에 이르는 길이 열리고
돌아오지 못하는 문양들과
소리 없이 가버리는 고운 직선들이 있다

벙어리매미를 숨겨 주는
작은 가지들 옹송동송한

착한 정원이 있음을
듣는다

시인 김왕노

그 저녁 그의 느리고 투박한 말은 유리문에 터걱터걱 걸리는 듯 했지만 둥글게 모서리를 지우며 눈물겹게 와 닿았다 우리는 펄럭이는 후리막이 붙들고 섰던 유년의 바다를 흐르다 울었고 철조망에 걸린 낡은 러닝 조각으로 펄럭이다가 다시 울었다 그날 밤 우리가 빠지곤 했던 부대 아래 그 약물 샘에는 중국 사람 유상의 미친 아내가 밤 빨래를 하고 C-레이션 깡통을 빠져나온 개구리들이 은하로 뛰어올라 눈물방울이 되는 걸 다시 보았다 갯메꽃 방풍 덤불 번져가던 격자무늬 소나무 방풍림을 걷다가 울었고 구운 꽁치와 소주를 다시 구우며 무정한 세월을 뒤적여 눈물의 환을 만들며 하염없이 울고 또 울었다

다시 삼포森浦

다시 삼포로 가야 한다
날쌘 스쿠터 타고 한나절
버린 개들과 신발 잃은 누이들과
펄럭이는 헌책들과
낡은 사과나무 둥치들과
멈추지 않는 컬러링과
차이는 인문학들과
낡은 광장과 찢긴 깃발들과 파란 촛불들과
연착된 택배 상자들과
세상을 걷어차며 기어오는 미세먼지들과
냉천 삼거리 꺾어 돌고 참새미 지나
헐은 아랫도리와 쇠약한 배터리들 버리고
참다랑어 떼 휘어져 들고
인동 넝쿨 먼저 기어가는
삼포로 가야 한다

약속
— 목련

길이 조금 보였을 때입니다
꺼낼 수 없는 유리잔 속
산협山峽을 품은 청계淸溪 마을의 봄
아슬한 잔도棧道였지만
걷기로 하였습니다

지독한 초록이 몰려오기 전
헹구고 쥐어짠 해진 헝겊 위
환한 연두 길 얹어
그에게 분양하는 의식이
짧게 진행된 봄날이 있었습니다

미색 사포紗布를 뒤집어쓴 그녀
담 밖으로
뽀오얀 목을 빼는 이월이었습니다

몸에게 1

미안하다
너에게 묻지 않고 명함을 파고
너인 척한 시간들에 대해 사과한다

조심성 없이 부속들을 팽개치고 방치하고
발효된 약물로 마구 건드린
북풍한설北風寒雪 속 너를 걷게 하고
간신히 가동되는 너를
땡볕 아래 오래 페달을 밟게 한
죄 크다

너는 있고 나는 없는
너를 방기放棄하고 비운 시간 많았다
너 혼자 갈 수 있는 곳이 늘고
너는 가있는데 나는 빠져나온
비굴한 시간들
참으로 송구하다

다시 크리스털

극지 아닌 데가 어디 있겠느냐
디디고 선 곳이 다 아슬하다
사방으로 몰려가 추락하는 바퀴들과
다시 돌아가지 못하는
다친 새들의
저 쓸쓸한 비행을 보아라

눈썹 아래 매듭을 묶지 말아라
펄럭이는 깃발 속에는
얼룩진 은화銀貨와
매의 눈이 박혀 있다
저기까지일 거라고
붉은 노을을 따라가지 말아라
편집된 길에는 민들레가 피지 않고
알록달록 범람하는
봄이 마르고 있다

바람 이는 남새밭 머리 쪼그리고 앉아
가슴속 푸른 녹을 닦으며
그렁그렁 눈물로 견디거라

잔해같이 살아온 시간들
바람이 쓸어 가버린 거기
눈 물 방 울
얼음새꽃 총총 피어날 것이니

포항

땅 별에서 날아온 파장은
짧고 선명했다
늦은 꽃잎들과
붉은 개미 떼 울음소리는 깨지고
먼지 이는 지평에서 새 떼가 날았다
낮은 담장 넘어
따뜻한 저녁이 떠나고 있었다
비어진 한쪽이 더 출렁이며
무겁게 흔들리고
소리도 없이 그들이 떠났다
간간이 구겨지는 직립의 시간들
흔들림 따라 며칠이 지나고
쩍쩍 금이 간 눈빛으로
아이들이 또 찾아왔다

후에*

낫으로 사탕수수를 치는
그녀가 부처다
노을 번지는 흐엉강 언덕을
끝내 지켜낸
우림 속 민족주의와 초원
비트 속의 형형한 눈빛들
빠르게 건조되어 가는 궁터에서
달콤한 수액 한 종지를 빤다

어린 시절
깊은 야자수 그늘 속
베트콩으로 읽었던 그들을
낡은 제국의 처마를 들추고 드는
번쩍이는 전광판들을
달아오른 해방의 빛살이 졸아들고 사그라드는
저기 빛나는 자본의 하늘을
푸른 수수밭을 겨누는
칼날을 본다

* 후에: 베트남 중부에 있는 도시.

그날 이후

흔들린 사람들
밑이 뾰족한 물방울이 되어
떨리는 이파리들 뒤에 모여있다
바다로 내려가는 길이 보일 뿐
낳을 수 있는 알이 없으므로
온순한 풍화를 꿈꾸며
균열된 비석으로 모래톱에
오래 서있다
떨림이 멈춘 곳에서부터
응그린 사람들 일어서서
구멍 숭숭한 서랍을 열고 닫으며
둥글어지려고 애쓰고 있다

더 이상 꺾인 바퀴를 굴리지 못함을 안 것일까
몇몇은 모래가 채워주는 바다를 꿰맞추며
찢긴 깃발을 달고
차가운 바깥 바다로 내려서고
애월댁이 욕을 물고 새벽 물질 나서는
여남 바다 위로
깨진 무늬들 비집고

어지럼증 같은
봄이 또 들어서고 있다

동해국민학교

여전히 그들은 산죽山竹 같은 국민이다

아득한 흑백사진 속에서 걸어 나와
관광버스 춤을 추거나
질박한 리본이 되어 세상 한쪽으로 흔들리거나
그들만의 신호로
유년의 바람을 호명하는 것인데
비록 궁촌窮村에 살아도
북풍한설北風寒雪 비켜서지 않고
가진 것 별로 없으나 손 오므리지 않는 그들
한 움큼씩 햇살 씨앗과
눈물 찰랑이는 촛불과
유년의 바다 푸른 물결과
붉은 해당화 열매를 굴리며
희망을 뜨개질하는

아직도 그들은 푸르디푸른 국민이다

축제를 파는 가게

바케쓰에 찰랑이는 축제를 팝니다
바다에 걸어놓을 수 있고
서랍 속 오래 보관할 수 있는
세제로 지워지지 않는
빛의 타래를 팝니다

석간신문 가로등 불빛 따라 오는 가게
까치놀 위에도 있는데요
늦은 노을도
눈썹달도 얹어 배달해 드립니다
하얀 물결
한 줌씩 덤으로 얹어주는
축제를 파는 가게

꽃

언 강을 건너고
석림石林과 메콩 습지를 빠져나와
자본의 바람에 흔들리는 꽃

세상의 허리에 주유를 하거나
어창魚艙 바닥에 엎드려
구겨진 별을 펴고 있는 꽃

매나니로 피는 꽃
독하고 암팡지게 기어오르는 꽃

푸른 디아스포라

하얀 종이꽃

덕조 아재

그는 아직 위험하지 않다

묵은 빚이 좀 있긴 하지만
새털 세월 뜯어내며 자주
안녕하시다

청춘이 말소되어 가는 여자들이
가을을 만지며 우는 밤을 기다려
그는 가끔씩 가을 모자를 쓰고
버스를 기다리는 것인데
넥타이 매고 삼거리에 나서는 날이면
포구가 온통 환하다

아버지가 복어 떼를 몰고 돌아들던 여밭
지워져 가는 바다를 건져 올려
몇 개의 가을 바다와
울렁거리는 계좌를 일으켜 세우는 덕조 아재

새벽마다 자욱한 해미 더미 휘어 쥐는
그는 충분히 위험하지 않다

심정心淨 도예

흙 묻은 주걱
화선지 몇 장 팔랑거리는
그의 기지基地는 간혹 안녕하다

소리개 날고
바람 겹겹 불국佛國 그늘을 덮으면
그는 항아리를 깬다
선반 위에 얹은 지독한 사랑도
동안거冬安居 마친 어린 사미沙彌들도
가슴에서 부화시킨 둥근 알들도
밤새워 깨고 또 깬다

녹슬고 삐걱거리는 철 대문 너머
세상의 문을 닫고 또 닫으며
새벽 토함
붉은 계단을 오르는 흙쟁이 토방으로
시린 겨울의 실루엣 위로
꼬부라진 부처들이며
야윈 햇개구리들과

능소화 새순들 함께 또
봄이 스미고 있다

루테인을 먹다

횡단보도를 건너는 하얀 지팡이를 본다

햇살 굴리며
알약 한 알 굴러들어
내 낡은 사서함 속에서 녹는다

먼 강에 눈 내리면
돌아갈 수 없는 것들
흰 지팡이가 되어
굴절과 반사가 줄어드는 때를 기다려
강가 시린 창가에
우중우중 둘러서는 게 보일까

내게도 장미의 시간들이
사랑하는 사람들에게 흘러가던
그 눈부신 꽃 무리들이
선명하게 보인 적 있었다

하얀 알약 하나 굴러오고
낮은 선반 위로 아직은

핑글
가을 모빌 도는 게 보인다

나루 꽃집

꽃집 여자가 공을 치러 나가면서
관상 수목들이 서서히 주저앉기 시작했다
여자는 그린 위에 있고
갇힌 느릅나무도 소사목도 죽었고
푸른 모가지들이 뿌리를 흔들며 떠났다
뱃살 출렁이며 길고양이 스며드는 오후
꺾인 가림목 사이로
참새 떼들 와자하고
찢어진 비닐들
피폭된 기지基地처럼 펄럭이고 있다
그녀도 한때
나비를 만드는 시인이었을지 모른다

세상의 집이 저리 무너지는데
분칠로 지어가는 그녀의 새 집
사랑은 괜찮을라나

제3부 가루가 되어

운문재

찔레 순 아득히 따라오는
봄입니다

분첩도 지느러미도 잃어버린
그녀의 늦은 식탁을
잊혔던 온기에 손 적시며
식은 빵을 조금씩 뜯어내는 여자를 봅니다

창밖 어둠의 눈
처음에는 미세한 빛이었다가
점점 층층의 불이 되어
눈시울에 찰랑거리다
끝내 부서지고 으깨어진 냉기로 몰려가는 것을
가만히 지켜보는 일이란
한 생애를 견디며 기어올랐던 완강한 능선을
다시 오르는 일입니다

지독한 사랑의 질량을 떠메고 오르는
슬픈 운문재의 봄을
닫아거는 일입니다
그렇게 견디며 기다리는 일입니다

2번

왜 먼동 헤치며 전화했을까 2번
푸른 감잎을 따서
댓바람 속 얹어 보냈을까

백일홍 분꽃 맨드라미 치자꽃
눈시울 끝에 피어나던
꽃 문을 열고 나가
노을 계단을 오르는 그녀
무얼 본 걸까

젊어 놓아버린 색실 끈과
알록달록한 종이 상자와
교미 끝낸 숫토끼가 젖고 있었던 걸까

폐기된 오지랖
아직 결재되지 않은
그 무엇이 남은 걸까
불에 얹지 말고
노을 계단 아래 놓아달라는
미소 이쁜 여자
2번

고치

얕은 풀잠 밑자리로
산 내음 번지는 날이 늘었다
일어서서 나갈 문이 없다
어쩌자는 건지
대책 없이
푸른 저녁을 깔고 누운 자리가 편하다
하얗게 실을 감는 시간
낡은 몸은 자꾸 무거워지는데
몸의 푸른 잎들 사각사각
지워져 가는 고방庫房의 어둠이 깊은데
자꾸 밀려오는 잠
몇 잠을 더 자고 나면
이 환한 굴레에서 벗어날 수 있을까
저 미명의 산막을 벗고
굴려 내릴 수 있을까
푸른 바퀴

집
—2018년 2월

쥔 붙일 만한 집인 채 서있었다

해마다 그들이 왔다
갈수록 비가 새고 어둠 깊어지는
좁은 회랑
아침이면 새들의 젖은 발가락과
깨진 행성들이 굴러다녔다

이제 집을 벗어야 한다
내가 돌아갈 수 없는 거처이므로
짐 얹어놓고 쉴 수 있는 데가 아니므로
모든 문을 돌려보내고
집이었다는 생각을 반성하며
문 밖 아랫길에 서야 한다

미안하다 거푸집도 못 된
거미집 같았던 것을
성글고 모양 없는 구조물
들보도 서까래도 없는 구름 집
바람 집이었던 것을

문교 분필 가루 하얗게 날리는
먼지 속 구멍 집이었던 것을

문^門
—김복례

멀리 열리는 문
오래 열려 있는 문
문이라는 사실도 잊혀진 채
채움과 비움이 반복되어
안과 밖이 보이고 잘 보이지 않는
문루가 낮고 낡아서
더는 문이 아닌
문
본디 가볍고 투명하여
파꽃 피는 뒤란이 훤히 보이던 문

이제는 졸아들고 웅크린 문
자꾸 서쪽으로 열리는 문
하늬바람에 팔랑거리는 문
어두워지는 지상의 마지막
문 하나 열고 있는 문
낡은 문짝 하나로 붙어 선
문

그들

길을 잘라내며 후다닥 뛰어가는 그들에게
화급히 언덕을 건네주고 비켜섭니다
직선으로 다가온 바람이 정면으로
그들을 흔들었지만
흔들리는 길을 틀어쥐고 출렁이며 개같이
그들은 갑니다

황금 나무 숲에서 고기를 구우며 히히덕거리다
가시나무에 찔리고 독주에 빠진 그들
행복하게 눈을 잃었습니다
젊고 아름다운 그들의 정부情婦는
가끔씩 안녕하고
안녕하지 않습니다
아름다운 폐허에 취한 그들은
가을이라는 채권으로 사랑을 사곤 하지만
금세 매진되고
녹슬어 폐지廢紙가 되어가는 걸 봅니다

낙엽을
폐지라고 우기던 시인 같은 사람이 있었습니다

몸에게 2

가끔 혼자 걷는 너를 본다
측백나무 숲으로 돌아가고 싶어 하는
너를 돌려세워 놓고
나를 빼내어 나온다
너는 인대와 근육으로 팽팽히 끌어당기며
단층처럼 견디며 쓰러지지 않는다
가끔 구름 나무 위에서
쓸쓸히 방천 아랫길을 걷는 널 본 적이 있다
너를 졸가리처럼 방치한 죄 있으나
자주 비겁하고 오만하게
구름 같은 정신의 셈법을 가지고 있다고
자신하며 너를 굴리며 여기까지 왔다

네 곁에 앉아 가만히
나무 의자를 건네주고 싶은
녹우 내리는 아침이다

다시 청계

아슬한 난간을 디디는
봄날이 시리다

사방이 문門이다
열리지도 닫히지도 않는
들어서지 못할
허공으로 내려가는 문

창밖엔 어제처럼 눈 내리고
아무도 파고들지 않는 미로迷路가
박제된 채 걸려 있다

버려진 너의 영지領地
낡은 창 안으로 하얗게
비켜 치고 있다
봄눈

천장
―병동에서

눈부신 빛이 오래 머물러

없는 팔을 훑으며

오랜 허공의 궤적을 읽고 있다

눈을 깊이 감고 어머니에게로

돌아가는 사람도

환한 천장에 납작 엎드려 있다가

어두운 별이 되어 튀어 오르는 사람도

빛을 피해 어두운 회랑을 아슬랑거리는 사람도

마지막 기차를 돌려세우지 못하고

엉거주춤 돌아오는 사람도

환한 불빛에 오래 그을고 있다

아버지도 저 불빛을 끌어당겨

어두운 빛길 가신 걸까

밥 수레가 다시 한 움큼씩의

발효된 빛을

빼곡히 담고 와 닿았다

손꽃
―심정心淨

꽃이 핀다
토함으로 가는 길에 피는
순한 꽃 흙꽃
그의 없는 손이 볼록하게
겨울을 깎아내
오롯이 밀어 올리면
엷은 미소 머금고 피어나는 손꽃

그의 골목에도 봄 오고
닫힌 철 대문에 능소화 넌출이 넘으면
낡은 뉴스처럼
둥글둥글 손꽃이 핀다

붉은 흙 속에 피는 꽃
어머니에게로 가는 길꽃
화엄 세상 내려가는
무채색 꽃
없는 꽃

버려진 건 죄다 꼬부라져 있다

버려진 건 죄다 꼬부라져 있다

생각에서 밀어내며
균형을 무너뜨리고 처박아 버린다 그러면
그늘이 따라붙으며 쓸쓸해지는 것이다
돌아가는 길은 기울어져 있거나 막혀 있고
아무도 등불을 빌려주지 않는다
별로 학습되지 않아 감히
빛나는 날개를 생각하지 못하는 것이다

길이 없다
나뒹굴어진 채로
어둠 속 견디는 일밖에

꼬부라진 그 끝에는
어디로도 교신하지 못하는 눈
떠밀린 눈들이 간신히 기생하는 것인데
거기에는 펴지지 않는 행렬과
꺾인 관절이 걸려 있고

출구 보이지 않는다

상강霜降 무렵

종일 가을 먹을 간다

아래층 백세미장원
비닐을 뒤집어쓴 여인들
흐린 거울 앞 노을에 젖고 있다

저들의 나라에는 거울이 있고
그들 낡은 경제에는 마르지 않는
은빛 우물 있음을 안다
푸른 계좌는 잃었지만
아직 따스한 이밥과 테레비가 있어
적어도 그들은 행복하다

배수펌프장 쪽으로 발 내민
마을 안길로 은행나무 잎들
차가운 저녁으로 뛰어들고
길 끝에서부터 풍경 하나씩 기울고 있음을 본다

붉은 대추나무 옆구리를 누가
세차게 흔들고 간다

가루가 되어

나는 매일 새벽 출토된다
둥근 무늬 토기가 되어
깔깔한 기계음이 다가오면
묵도黙禱의 시간을 멈춘다

오래 품은 문자들이 떠나고
쌓인 저녁 경전들 팔랑거리며
머리맡에서 비워진다

나를 뒤적인 호미 날과 불빛들
혹은 다국적 엔진들
허청이는 나를 다시 벗겨 내는 저녁

구름나무에 걸려
바람 속으로 이어지는
저격의 쇳소리를 듣는다
마지막 동물적 습성들과
단층 속 품었던 소도록한 넌출들
햇살에 마르고
다시 가루가 되어 날리어 간다

＞

깔깔한 기계음

푸른빛 삽날과 불빛들

다시 나를 뒤적이는 뇌살의 시간

흉터를 안고 깊이 계단 아래로 굴러 내리며

꼬리를 바짝 당기고

다시 얕은 봉분 속

투명하게 저장된다

물질들
—종鐘

표면에 이는
바람을 모아
배를 띄워야 한다
해껏
그래야 한다

메밀밭
흰 물결 흘러가는 곳

그녀의 바다에
자오록이
가라앉아야 한다

곡우穀雨 무렵

남은 시간을 내려놓고
물결치는 꽃길 가네
차오르는 연두세상 내려서서
하얗게 꽃잎 휘날리는 떡고개 넘어
숨 차오르는 서쪽 언덕 오르네
가만히 웅크리고
어두운 별을 끌어당겨
길을 만들며 가네
그대 엮은 매듭들 저리 고운데
그늘 속 그늘을 들추고
젖은 노을 길을 저리 바삐 가네
하얗게 아스피린 몇 알 굴러가는
아침 장성동

개살구나무

삼월 탱자나무 울타리
열린 문들 화들짝 닫히고 나면
살구나무는 제 몸 불리느라
환한 불꽃 흔적 위로
젖은 능선을 끌어들이며
천천히 제자리로 돌아옵니다
톡톡 터져 울타리 뛰어내린
그 욕망의 한때를 잊어버리라고
박새 몇 마리
어리고 푸른 열매 뒤에서 웁니다

박초바람 불면 몸을 여는
개살구나무 한 그루
숲실 아재 같습니다
댕돌같이 졸아든
푸른 알갱이들 떨구기도 하면서
늘 그만한 높이로
팽팽하게 그늘을 끌어당깁니다
마구 살지 않은 시간들
잊지 않기 위함입니다

함부로 길 따라나서지 않은

꼬양꼬양한 오기 잊지 않기 위해

그러기 위해서입니다

제4부 겨울 강릉

봄, 형산 아래
— 송담 서실

격렬한 등짐을 내리고
맨발
소매를 접고 간절히
자신을 몰아세우는 사람
먹물 속 길을 내는 사람들
참꽃 흐드러진 왕신마을 오르며
청청한 형산의 강물 바라보는
눈빛 고운 사람들
삐걱거리며 흔들리다 무너지는 세상의 창窓을
먹물로 일으켜 세우는 사람들

목단牧丹 꽃문 열리는 산집에서
봄 기별이 되는 사람들
단단히 오지랖 여미고
묵묵히 먹을 가는 사람들
먹물 속
화엄 세상 열어가는 사람들

횡단보도를 건너는 비둘기들

초록 불빛 쪼며 비둘기들
직선 위를 건너고 있다
목발 짚고 절룩거리며
차갑게 찢어진 행성의 한쪽을 비켜 가는
빛나고 쓸쓸한 횡단을 본다

푸른빛 물어 나르던 일상은
잊힌 지 오래
발가락 잘리고 한 눈을 잃은
폐족의 후예들
차가운 산란과 노숙의 시간 속으로
햇살 밝은데 다시
알록달록한 폐 그늘로 들고 있다

먼 콩밭 건너온
가을 편지 한 장
팔랑
날리어 가는 시청 앞 광장
고요하다

튜나

여기까지 왔구나
물 차오르는 각석
아침 감포

비사벌 석곽 속 송현이 머리맡
박제된 **뼈**를 추슬러 입고 다시
읍천 바다에 왔구나

스믈스믈 번져오는 먼동
물 틈새 뒤적여
반짝이는 멸치 루어 휘휘 저으며
너를 기다리는 아침

알록달록한 루어들 설치는 캄캄한 세상으로
살내 나는 어린 튜나들
휙휙 몸 던지는
쓸쓸한 투신을 생각한다

어디선가 동원참치 캔
깡통 차는 소리 요란하다

영일대에서

파도 소리 섞어
파랑 커피를 내리는
처녀 아이와
국민 청원 독려
플래카드들과
삼천리 자전거포에 걸린
터진 타이어들과
종일 눈치 살피는
버린 고양이들과
구겨진 마스크들과
불꽃 봉지 소복한 바케쓰들과
바쁜 불자동차들과
밟히는 인문학들과
불판 위 몸 뒤트는
산 꼼장어들과
쓰러지는 소주병들 함께
지친 유월이
또 가고 있다

승부역

꽃밭도 세 평
하늘도 세 평

태백의 꼭지 승부역 올라와
수천수만 마른 눈송이
그 하얀 순荀을 따라와
산협에 이는
바람의 제의祭儀를 보았습니다
측백나무 위로 흐르는
신호기 푸른 불은 자꾸
눈밭을 밀어 올리는데
우리들 적절히 발효된 화냥기를
서둘러 챙겨 내려왔습니다
털진드기 닥지닥지한 블라우스 벗어
차창 밖으로 던지며 왔습니다
소매에 달라붙은 불꽃 조각들
침엽수림 민박집 아랫목에
가만히 부려놓고 왔습니다

겨울 강릉
—역전 다방

배달 647-9008

초이서크피 천300원

랭크피 2천원

산수유오미차도 이슴니다

삼순이와 마담 언니가 종일 분첩을 두드리거나

화투 패를 뜨는 대관령 아래 찻집

연탄난로가 그제 내린 눈을 녹이고 있었습니다

동전 쑤셔 넣으면

오늘의 운세가 튀어나오던 구멍은 녹슬어

세월의 오랜 정박을 보았습니다

그들은 더디게 오는 운세를 다 알고 있었던 걸까요

투명한 눈바람이 창문에 부딪히고

밖에는 표정 없이 우리나라가 서있었습니다

달마대사 왕눈깔이 벽에 걸려 있고

간유리 철제문 속 따스하게 데워지는

백철 주전자 속으로 눈은 자꾸 내리고

떨림과 갈증 그 붉은 열꽃이

더운 김으로 풀풀 날리어가던

알알한 젊은 날이

도들도들한 필터에
얼룩으로 묻어나고 있었습니다

저 꽃

물 한 병
복음서 딱지본 한 권
차입 수건 한 장
견본 로션 한 개 달랑 얹고
낡은 유모차가 밀고 가는
저 꽃

취우翠雨 내리던 연두 나루의 언약도
자꾸 달라붙는 먼 폭풍 속의 길
질긴 정념의 타래도
하나하나 떼어내며 가고 있는 꽃

꿇어앉거나 주저앉았던
간구와 하혈의 껍질 같은 길
한결같은 걸음으로
뒤집어쓰고 가고 있는 꽃

늘 그만큼 갔다가 되돌아오는
갇힌 길 그 끝
질기게도 피어있는
저 꽃

소지小指

그가 돌아왔다

한정치산限定治産의 굴레를 벗고
대일밴드 뼁뼁 두르고
그가 왔다

바람 속 길을 견디며
형세들의 시간
그 규칙과 대열 속으로
말없이 건실한 복무 중심으로 돌아왔다

다행히도 살아 돌아와
가만히 다가서서
눈 감는
벙어리 매나니
새끼손가락

담
—읍성邑城 오르며

성을 오른다
한촌寒村의 시린 소문들 희끗희끗 보이고
가을 해미 속 길이 생기고 사라지는 것과
낯선 풍경 속으로 여자들이
끼어들고 있는 게 보인다

읍은 성城보다 높은 곳에 올라앉았고
푸른 별의 기치와 창날이
그 높이로 펄럭이고
바람의 길
소리가 지나는 길이 낮게 내려가고
시월의 끝을 끌어당기는 대숲 머리에서
화살 나는 소리가 피어오르곤 했다

담이 자라지 않음을 알았을 때
나는 담 높이로 자랐고
펄럭거리는 담이 되어있었다

누구의 의지가 되었다가
뜨거운 신호로 누운

읍성을 오른다

노을 속 억새꽃 날리며 서있는

소상한 기록들

그 차가운 소식들을 듣는다

도음산

오랜 어둠의 거처
기막힌 서사敍事가 깊은 문양으로 필사되어 있는
검푸른 저 소나무 능선

가파르고 울퉁불퉁한 길 따라
그들 객관적 삶과 죽음이 엉켜있는
죽은 자들을 비명碑銘 아래 묻지 못하는
꺾인 서사가
별싸라기처럼 유탄이 쏟아지던 하늘이
그해 팔월에는 있었습니다
아직도 시퍼렇게 눈 뜨고 엎드린 그들
골짜기 가득 날려 보내는
나비들과 짙푸른 그림자들
렌즈에 잘 잡히지 않는 거기
오래된 절집 하나
잠들지 못하는 소나무 숲으로
묵은 향
피워 올리고 있습니다

한 시간 동안

점으로 사라져가는 나를
가슴속 확대경으로
잊혀가는 원 하나로 되살린 그들
눈물의 예배를 드린다

그 원 안에 입 맞추기도 하면서
눈물 찍어내며 나를 불러 세운다
아직은 그들 주머니 속
명함꽂이 들추면 거기
내가 끼여 있을까

평생 날려 보낸 파랑 나비들과
불어넣어 주던 따스운 입김들
시린 봄 창窓 안에 남아있을까

주기도문이 끝나기 전
침 삼키며 숟가락 드는 나를
보기는 보고 있을까
아직은 형제가 아닌
아버지로 남아있을까

동막에서

노을민박집까지 따라와 곁에 누웠다
장군의 발소리

초지와 덕진이 무너지고
논두렁 아래 엎드린 어린 수병水兵들
조선의 별이 되어 떠오른
을미년 사월

물결쳐 오던 깃발들 함성들
광성보에서 끈을 놓은 장군의 발소리
눅눅한 칼날의 살기
밤새 따라와 얕은 잠을 밟고 다녔다

빼앗겼던 대장기大將旗가 미국에서 돌아온 저녁
썰물 차오르는 동막에서
소리 죽여 밀려오는
조선 군가를 다시 듣는다

여남포구

페달 밟아
아래 바다로
내려가면

여밭 너머
뜰채에 걸린
하현달이 간들거리고

새벽 먼동을 쪼는
늙은 갈매기들

고요한
공양 시간
거기 있다

어떤 현판

그가 내려오셨다
그날 화염 속에서 오래 견디다
다시 불길 치솟는 곳으로 천천히
걸어 내려오셨다

육백 년
그의 홍채에 고여 들어
깊이 각인된
영욕의 풍경 풍경들
출렁거리는 무게들을 견딘
굽이진 시간들 다 쓸어안고
내려오셨다

사모관대 정제한 차림으로
불타는
진흙 세상
걸어 내려오셨다
崇
禮
門

목련꽃 목댕기

먼 강물처럼 소리 없이 흘러가신 아버지
아직도 문밖에 서계십니다
하얗게 모래바람 이는 바다 언덕 아래 계십니다
38년 전 시린 아침
목련꽃 목댕기 매고 소년들에게 처음으로 다가가는 나를
무척 자랑스러워하셨지요

그날 아침 나는 봄이 오는 교정에서
반짝이는 물결과 거친 쓰나미가 밀려와
아이들을 쓸어 가는 것을 보았습니다
참담하고 가슴 아픈 서사가 나를 불러 세웠고
많은 시간을 아이들 속으로 들어가
그들이 되려고 애썼던 시간들이 있었습니다
광장에서 일어서고 밀실에서 궁구하는 법을 가르쳤습니다
새순 그 고운 꼭지를 따지 말고
웅크린 사람들의 그늘 속으로 가라고 가르쳤습니다
정직과 용기를 가르치며
서른여덟 해를 바다 언덕길 걸어왔습니다

그러나 아버지

교실은 비고 아이들은 아스라이 멀어지며 선생님들이
빰을 맞는
스승의 자존이 무너지고 숭고한 정신이 훼절되어
깊은 상처가 번지는 날들이 늘어갔습니다
깊어가는 그늘을 망연히 바라보며
쓸쓸한 비석처럼 서있었습니다

해마다 자욱한 겨울 안개 속으로 아이들은 떠나고
얇은 봉투를 쥐고 연탄 갈아 끼우며
아침마다 목련꽃 목댕기 졸라매고
끝끝내 다시 아이들 곁으로 가곤 했습니다
문밖 아이들의 숲에는 아이들이 없고
종이 눈썹과 구름나무 숲으로 스티로폼 고라니가 뛰어
다니는
화려한 거짓과 달콤한 음모와 반짝이는 불의가 불꽃처럼
세상을 덮어오는 날들이 늘어가는 것 보았습니다

그러나 아버지
이 땅의 스승들은 그 숲에서
비켜서지 않았고 끝끝내 물러서지 않았습니다

아이들에게 세상을 아름답게 칠하는 법과
불의에 맞서는 정신과
정직과 용기의 가치를
더불어 살아가는 지혜와
새로움을 열어가는 길을 가르치며
새벽을 열어갔습니다

꿈과 희망으로 나아가
하고 싶은 일을 하며 푸르른 지평을 활짝 열어가라고
아침마다 목댕기 다시 매고
아이들 곁으로 찾아갔습니다

너무도 그리운 아버지
설머리 붉은 해는 떠오르고
오직 한마음 곧은 정성으로
팍팍한 언덕길 다시 오르는
이 땅의 스승들 있어 희망 있습니다
아무것도 분명히 보이지 않는
어둠의 세상 열어가는 아이들에게
한 줌 빛을 쥐여 주는 이 땅의 스승들 여기 있어

참으로 든든하고 희망 큽니다.

내년 봄 제가 떠나올 제비산길 시린 교정에도

다시 환하게 목련꽃 등 밝아오겠지요

아버지 그리운 나의 아버지

청둥오리

땅 떨림 스친 들녘
낮고 산발적인 비행에서 돌아와
호리못 남쪽으로 흐르는 동안
마북 골짝 복수초는 피고
극지極地를 겨눈 날갯짓
그 눈물의 질서 무너진 곳에
봄물이 깊다

풍매화는 피어올라
인간의 마을로 가는 길이 녹고 있다
야성을 버린 그 길은 가파르고 시려
몸은 무거워져 체공 시간은 줄 것이니
바특한 샛강마다 맹독이 발효되고
불타는 총구의 아침이
밧줄로 뻗쳐 오리니

네 속에 출렁이는 빛나는 뼈를 세우고
깃털을 간추려
좀 더 높은 바람을 치고 들거라
미명의 하늘 박차고 오르거라

세련된 서정미와 지역성, 그리고 장소성

공광규(시인)

1.

포항이 고향인 김만수 시인은 포항에서 교사를 생업으로 하다 현재 포항에서 인생 후반을 시를 쓰며 보내고 있다. 그는 1987년 당시 무크지 형태의 『실천문학』으로 등단한 이후 끊임없이 시업을 쌓아왔다. 나는 1980년대 초중반 포항에서 민중문화운동을 하면서, 김 시인과 인연이 되었다. 나보다 몇 살 위인 김 시인은 나의 시 선생이자 내가 형이라고 불렀으며, 그의 집에서 같이 잤던 기억도 있다.

이번 김만수 시집 원고를 읽어가면서 드는 생각은, 이전 시집보다 서정미가 세련을 더하고 지역성과 장소성이 강화되었다는 점이다. 문장의 세련은 노력하는 시인에게 시간이 가져다주는 선물일 것이다. 이번 시편들에서 나는 과일이 익어가듯 농익어 가는 김 시인의 필력을 엿보았다. 그리고 자신이 태어나서 자라고 생업을 하다 노후를 보내고 있는 고향인 포항과 인근 도시 경주 지역을 제재로 한 시가 두드러지게 많은 것을 확인할 수 있었다.

시에서 장소성은 사실성과 개연성을 획득하기 위한 전략이다. 장소에 대한 구체적 명시와 장소 내 사건이나 사물에 대한 묘사는 개연성을 확보하는 데 도움을 준다. 김만수는 시를 관념에 의존하기보다 생활 체험을 시로 구성하는 시의 방식을 사용해 왔기 때문에 이런 방식에 익숙할 것이다. 이는 80년대 사회 · 정치적 현실을 행동과 시의 형식으로 응전하고 받아들이며 통과해 온 80년대 시인들의 방법적 특징이다.

2.

김만수의 시를 읽어가다 보면 서정성은 문장의 세련에서 온다는 말이 실감으로 온다. 그의 많은 시편들이 세련된 문장으로 서정미를 듬뿍 안겨 주기 때문이다. 서툴고 난해하고 모호한 표현으로는 서정성을 획득하기 어렵다. 서정성은 논리는 아니지만 논리를 통과하고 넘어섰을 때 발휘되는 일종의 기관이다.

이슬처럼 머물다

먼 강물 소리에 묻어가는

그대를 따라갑니다

사랑은

아슬한 굽이마다 내걸린

희미한 등롱이었지요

그대 사랑하는 저녁을

여기

마디마디 새겨 보냅니다

청댓잎 새순으로

다시 피어오르시어

푸른 마디마다 매단

눈물방울들

보십시오

— 「목간木簡」 전문

　「목간」은 사랑에 관한 관념을 사물을 통해 서정화한 사례
다. 서정의 백미를 보여 주는 아름다운 문장이 박혀 있는 시
다. 인생은 아침 풀잎 끝에 매달려 반짝이다 금방 사라지는
이슬과 같은 존재다. 추상적 사랑의 대상인 그대 역시 마찬
가지다. 사랑의 대상이 이슬처럼 머물다 가니 사랑할 시간
은 한없이 적다. 그 한없이 적은 사랑하는 시간마저 확고하
거나 확실하거나 불변인 것은 아니다.

　사람의 마음만큼이나 변화무쌍한 것이 사랑이다. 그래
서 사랑은 늘 굽이굽이 위태롭게 넘어가면서 수명을 연장한

다. 이 아슬아슬한 굽이굽이에 희미한 등롱을 내걸고 가는
것이 사랑이라는, 화자를 통해서 드러난 시인의 인식이다.
이런 인생과 사랑의 원리를 시인은 이슬과 아슬한 굽이, 희
미한 등롱으로 비유하고 있다. 화자는 이런 사랑의 원리를
목간에 새겨 보낸다. 그리고 기원한다. 청댓잎을 닮은 순정
한 사랑이 잎과 같이 다시 피어올라 "푸른 마디마다 매단/
눈물방울들"을 보라고.

　인생도 그렇지만 사랑도 마디마디의 연속이다. 사랑의
마디마디 신고를 겪은 화자의 절절한 마음이 시를 통해 잘
형상되었다. 사랑을 잊지 않았다는 것과 다시 사랑의 관계
를 회복해 보려는 염원을 담고 있다. 어딘지 모르게 「목련
기차」는 화법이 「목간」과 비슷하다. 몇 개 문장에서 보이는
서정적 비유 때문일 것이다.

　　산 역山驛
　　눈보라 속
　　자욱한 눈바람 밀며 오는
　　엔진 소리 들리면
　　오래 서있던 숲정이 갈피마다
　　창을 내리고
　　등불 하나씩 내겁니다

　　누군가 전설이 새겨진
　　하얀 꽃잎을 건내며

사부자기

순은純銀의 단추를 여미는 밤

가지 끝마다

기차는 와 닿아

세상을 향해

환한

개찰구 엽니다

—「목련 기차」 전문

　시골 산 역의 눈보라 속을 헤치고 오는 기차의 심상이 여
실히 눈에 밟히는 시다. 이 시는 목련과 눈보라가 흰색이
라는 시각 심상으로 겹치고 엔진 소리와 기차가 청각 심상
으로 겹친다. 서로 유사성으로 겹치면서, "창을 내리고/ 등
불을 하나씩 내"건다는 섬세한 표현이 따뜻하게 전달되어
온다. 이렇게 눈 내리는 산 역의 밤은 "사부자기/ 순은純
銀의 단추를 여미는 밤"이라는, 흰 눈과 순은의 비유와 '사
부자기'에서 눈이 살짝 내리는 시각이 살아나고, 가지 끝에
앉은 흰 눈이 환한 개찰구를 열었다는 서정적 폭발이 감동
을 준다.

　대상을 객관적 상관물로 전유시키는 능력, 즉 김만수의
상상력과 이를 통한 비유적 전환 능력은 깊고 명징하고 내
밀하다. 이를테면 그는 「순음청력실에서」 증기기관차 소리
를 듣고, 천장에서 어머니 마을 쪽으로 지나가는 물소리를
듣는다. 시 문장에서 "살별들 차르르 몰려가/ 바다에 떨어

지는 소리"를 듣는다. 이렇게 김만수의 비유적 문장에서 우리는 자연스럽고 아름다운 서정의 백미를 만날 수 있다.

시「난청」은「순음청력실에서」와 같은 계열의 시다. 시인은 난청을 "안행雁行의 먼 서랍 속" 기러기의 "가늘고 높은 가을 울음소리"로 비유한다. 난청을 통해 오히려 아름다운 "굴절된 소리"를 듣고, "벙어리매미를 숨겨 주는/ 작은 가지들 옹송동송한/ 착한 정원"의 이야기를 듣는다. 난청을 더 아름다운 방식으로 극복하는 이런 섬세한 감각이 돋보이는 시들이 시 맛을 준다. 아래 시들에서도 섬세함이 빛난다.

학산사 솔숲에서 딱새 떼 날아들면

조금씩 할증되는 가을

—「가을 시향채」 부분

아버지는 낮은 지등紙燈 하나를 켜고

그림자 속으로 들어가

발효되고 있다

—「나는 매일 매몰된다」 부분

눈썹달도 얹어 배달해 드립니다

하얀 물결

한 줌씩 덤으로 얹어주는

축제를 파는 가게

—「축제를 파는 가게」 부분

3.

시집에는 포항 지역의 지명과 장소를 언급한 시들이 상
당 부분 차지한다. 아예 제목이 「포항」인 시도 있다. 신광면
마북리 호리못에서 쓴 「청둥오리」, 북구 여남동의 「여남포
구」, 북구 흥해읍성을 시로 쓴 듯한 「담-읍성을 오르며」, 흥해
읍과 신광면에 걸쳐 있는 「도음산」, 시인이 유년과 청소년
기를 보낸 「영일대에서」, 장성동에서 쓴 「곡우 무렵」 「동해
국민학교」, 청하면 청계마을을 쓴 「약속-목련」, 장성시장이
배경인 「초도」, 그리고 「덕조 아재」와 「상강 무렵」 등이다.

> 파도 소리 섞어
>
> 파랑 키피를 내리는
>
> 처녀 아이와
>
> 국민 청원 독려
>
> 플래카드들과
>
> 삼천리 자전거포에 걸린
>
> 터진 타이어들과
>
> 종일 눈치 살피는
>
> 버린 고양이들과
>
> 구겨진 마스크들과
>
> 불꽃 봉지 소복한 바케쓰들과
>
> 바쁜 불자동차들과
>
> 밟히는 인문학들과

불판 위 몸 뒤트는

산 꼼장어들과

쓰러지는 소주병들 함께

지친 유월이

또 가고 있다

　　　　　　　　—「영일대에서」 전문

　위 시는 포항 지역의 한 장소인 영일대를 묘사하고 있다.
바다와 접해 있는, 파도 소리가 들리는 영일대 커피숍에서
는 바리스타인 처녀 아이가 파도 소리를 섞어 커피를 내리
고 있다. 무슨 내용인지는 모르지만 국민 청원을 독려하는
현수막이 나부끼고, 자전거포에는 터진 타이어들이 걸려
있다. 버려진 길고양이들은 사람들의 눈치를 살피며 지나
다니고, 꼼장어를 파는 식당에서는 빈 소주병들이 뒹굴고
있다. 이런 바닷가 술집의 풍경이 화자의 눈을 통해 다각적
이고 입체적으로 잡힌다.

　시 「여남포구」는 포항항 북단에 있는 포구를 소재로 한 시
다. 방파제가 있어 소형 어선들이 뱃머리를 대고 묶여 있으
며, 바다 구경하러 오가는 사람이 많은 오래된 포구다. 방
파제 끝 테트라포드에는 낚시꾼들이 붕장어와 농어를 잡아
올리고 해삼을 건져 올리는 곳이다. 화자는 자전거로 먼동
이 트기 전 이른 아침 여남포구에 도착해서 하현달을 보고
갈매기들이 아침을 줍는 모습을 본다. 여남포구 아침은 갈
매기들의 "고요한/ 공양 시간"이다.

「도음산」은 포항 북쪽에 있는 산인 도음산을 표제로 하고 있다. 산 중턱에는 신라 선덕여왕 때 창건된 사찰인 천곡사가 자리 잡고 있다. 유려한 문장인 "오랜 어둠의 거처/ 기막힌 서사敍事가 깊은 문양으로 필사되어 있는/ 검푸른 저 소나무 능선"으로 묘사된다. 서사가 사뭇 궁금한, "별싸라기처럼 유탄이 쏟아지던 하늘이/ 그해 팔월에는 있었습니다"라는 표현이 내용을 궁금케 한다. 6·25 때 남북이 치열한 전쟁을 벌이던 낙동강 방어 전투 가운데 하나일 것이다. 이 산에는 절집이 있고, 절집에서는 묵은 향이 피어오르고 있다.

위에 언급한 시와 "유년의 바다 푸른 물결과/ 붉은 해당화 열매를 굴리며/ 희망을 뜨개질하는"(「동해국민학교」) 시처럼 장소를 제목으로 드러내는가 하면, 제목에는 장소를 감추고 문장에 장소를 드러내기도 한다. 시인은 「초도」에서 포항의 장성시장을 역동적으로 묘사하고 있다. 시장에 나열된 사물들을 열거하고 있다. 시장에는 정지되어 있는 사물도 있고, 움직이는 사건도 있다. 거기에 사람도 있다.

가판대는 잔파 위에 그늘을 드리우고 있고, 건재상 문짝에는 선풍기 날개들이 묶여 있다. 화자도 2층 상가에서 골목 안쪽을 들여다보고 있다. 그 골목 안에는 국숫집, 고래고깃집 등 식당이 보이고 빵집에서는 빵 굽는 냄새가 난다. 고욤나무에는 참새들이 튀어 오르고, 어느 고장에나 있는 욕쟁이 할머니가 지나고, 스쿠터가 지나면서 명함을 날리고 있다. 여느 도시에서 볼 수 있는 재래시장 풍경이다. 이런 시장은 도시 개발로 언제 없어질지 모르는 "소멸을 궁리하는" 곳이다.

> 땅 떨림 스친 들녘
> 낮고 산발적인 비행에서 돌아와
> 호리못 남쪽으로 흐르는 동안
> 마북 골짝 복수초는 피고
>
> —「청둥오리」 부분

> 읍은 성城보다 높은 곳에 올라앉았고
> 푸른 별의 기치와 창날이
> 그 높이로 펄럭이고
>
> —「담-읍성을 오르며」 부분

시 「청둥오리」의 호리못은 포항시 신광면 마북리에 있는 저수지다. 장소인 호리못과 마북의 봄과 연못에 있는 청둥오리를 통해 빛나는 봄의 세계와 바람을 치고 하늘로 솟아오르는 상승 심상을 통해 시인의 긍정적 심경을 형상하고 있다. 「담-읍성을 오르며」는 포항의 흥해읍성일 것이다. 겨울 폭설이 내린 성과 그곳을 지나는 사람들의 광경을 묘사하고 있다. "푸른 별의 기치와 창날"의 묘사, 긍정적 어휘들을 통해 시인의 마음을 읽을 수 있다.

시 「약속—목련」에서는 청계마을이 등장한다. 포항시 청하면에 있는 마을이다. 마을을 걷는 화자가 짧은 봄날을 회상한다. 과거 봄날에 만났던 목련을 "미색 사포紗布를 뒤집어쓴 그녀"로 비유한다. 목련과 사포를 썼던 그녀를 병치시키고 있다. 화자의 경험이 목련으로 인해 살아나 사포를 쓴 그녀를 상상하게 하는 것이다. 실체험이든 책이나 영화를 통한 추체험이든 경험이 없이는 목련에서 그녀를 상상할 수 없을 것이다.

「곡우 무렵」 포항의 장성동은 "하얗게 아스피린 몇 알 굴러가는" 곳이다. 비유가 멋들어지다. 아마 포말이 굴러다니는 바다를 비유했을 것이다. 장성동은 시 「초도」에서도 언급된다. 시 「덕조 아재」의 주인공이 그런대로 살며 "계좌를 일으켜 세우는" 공간인 바다는 포항의 어느 곳일 것이다. "종일 가을 먹을 간다"로 첫 행을 시작하는 「상강 무렵」의 아래층 백세미장원은 포항의 어느 골목에 있는 미용실일 것이다. 이처럼 김만수는 시에 포항 지역과 지역 내 장소를 시에 등장시키면서 묘사와 서사, 사실성과 개연성을 높이고 있다.

4.

포항과 인접한 경주 지역과 지역 내 장소를 시의 제재로 가져온 시들도 꽤나 된다. 「튜나」「봄, 형산 아래」「심정心淨 도예」「일월동」「왕의 길」「월성」 등의 시가 그렇다. 포항이 시인의 고향이고 생활의 터전이라서 기억과 생활에 의존한 시들이라면, 경주는 화자의 여행지이며 여행을 통해 만나는 대상을 통해 자아를 돌아보고 자각하는 장소다. 월성은 경주를 대표하는 장소다.

> 몸을 조금 비틀어
> 서천西川 건너는 달을 바라본 걸까
> 서쪽 문지門址에 누워
> 온몸으로 성城을 떠받치며
> 반달이 된 사내들
>
> 북쪽 해자垓字엔 토우土偶들
> 휘적휘적 물 건너는 소리
>
> —「월성月城」 전문

시「월성」에서 화자는 "몸을 조금 비틀어/ 서천西川 건너는 달을 바라"보며 신라 사내들을 생각한다. 원효를 비롯한 신라의 사내들은 나름대로 온몸으로 성城으로 비유되는 나라를 떠받치기 위해 살았던 사람들이다. "몸을 조금 비"튼다는 표현이 압권이다. '조금'이라는 미세한 감각이 서정을 확장시킨다. 월성을 감아 도는 서천은 원효대사와 요석공주의 스캔들이 지금까지 전해지는 장소다. 시인은 상상을 통해 월성 주변에 파놓은 해자를 바라보며 토우가 해자 속에서 휘적휘적 물을 건너를 소리를 듣는다.

시「튜나」는 경주시 감포를 장소로 한다. 감포는 오래전

부터 항구가 발달한 바닷가 소읍으로 시작하여 지금은 상가와 숙박 및 위락시설로 제법 번화한 도시화가 되었다. 문무왕 수중릉과 이견대, 감은사지, 대종천, 만파식적의 설화가 삼국유사에 기록으로 남아있는 오래된 장소이다. 시의 상황으로 보아 아침에 주상절리가 있는 감포에 도착한 화자는 "비사벌 석곽 속 송현이 머리맡/ 박제된 뼈를 추슬러 입고 다시/ 읍천 바다에 왔구나" 하고 감탄한다. 양남 읍천 바다에서 옛 고분이 발견된 창녕의 송현이 고개를 상상한다. 비사벌은 창녕의 옛 이름이다. 감포와 창녕, 현재와 비사벌이라는 고대의 거리가 시를 입체화시킨다.

「왕의 길—신문왕神文王」은 문무왕의 아들로 감포 앞바다에 수중왕릉을 만든 장본인이다. 물론 아버지의 유언에 의해 바닷물 속에 무덤을 쓴 것으로 알려져 있다. 이 시는 화자가 신문왕이 되어 부왕인 죽은 문무왕에게 말을 거는 독백 형식을 취하고 있다. 파도를 "물의 뼈"로 수중릉을 "차가운 궁전"으로 비유하기도 한다. 요석의 법주, 수릿재, 월정교, 요동, 추령, 월성 계림, 옥대, 기림선원 등 인물과 장소가 경주 지역을 풍부하게 되살려 주고 있다.

경주 개무덤가에서
낮 빼갈을 따르며 울었습니다
모시조개
아까징끼 같은 일월동 아이들
낡은 소매에서 자꾸자꾸 가을 울음을 꺼내

돌려 마시며 울었습니다

방풍림 너머 어링불

가난한 부족部族의 재건을 위해

거친 물너울 건넜던 그들

나는 따뜻한 별싸라기들 만지작거리며

자꾸 먼 데를 바라보았습니다

—「일월동」전문

　화자는 경주 개무덤가에서 낮술을 마시며 포항의 일월동 아이들을 생각하며 운다. 경주의 개무덤과 포항시 남쪽의 "아까징끼 같은 일월동 아이들" 사이에 어떤 연관성이 있는지 모르겠지만, 우선 낮술이 아닐까 하는 생각도 해본다. 일월동은 연오랑과 세오녀의 설화가 있는 곳이다. 당시 사람들도 바다 건너 새로운 땅이 있다는 것을 경험을 통해 알았을 것이다.

　일월동을 중심으로 한 부족 가운데 한 사람은 "가난한 부족部族의 재건을 위해/ 거친 물너울 건넜"다고 한다. 한반도에서 농경과 누에치기와 쇠를 다루는 선진 문물을 가지고 바다를 건넜다는 이야기도 있다. 화자는 술에 취한 상태에서 옛날 물너울을 건넌 신라의 사람을 생각하다가 "자꾸 먼데를 바라"본다. 이쯤 오면 신라 수도인 경주와 일본 땅을 건너갈 때 출항하는 일월동의 해안이 그려진다. 화자는 낮술에 취하여 먼 신라의 시간과 개무덤과 일월동이라는 공간

117

을 같이 생각하는 것이다.

　　　목단牧丹 꽃문 열리는 산집에서
　　　봄 기별이 되는 사람들
　　　단단히 오지랖 여미고
　　　묵묵히 먹을 가는 사람들
　　　먹물 속
　　　화엄 세상 열어가는 사람들
　　　　　　　　　　　　　　　　—「봄, 형산 아래」 부분

　　　새벽 토함
　　　붉은 계단을 오르는 흙쟁이 토방으로
　　　시린 겨울의 실루엣 위로
　　　꼬부라진 부처들이며
　　　야윈 햇개구리들과
　　　능소화 새순들 함께 또
　　　봄이 스미고 있다
　　　　　　　　　　　　　　　—「심정心淨 도예」 부분

　　형산 역시 경주의 지명이다. 화자는 경주 동쪽 왕신마을
을 올라가며 형산강을 내려다보고 있다. 「봄, 형산 아래」에
서는 시 「월성」 4연 "몰래 성루에 오른 어머니"가 "형산 아
래 띠집으로 돌아간" 시행과 연결된다. 「봄, 형산에서」 "자
신을 몰아세우는 사람/ 먹물 속 길을 내는 사람들"은 「월성」

에서 "온몸으로 성城을 떠받치며/ 반달이 된 사내들"과 대응된다. 목단꽃이 피어있는 왕신마을 산집에서는 사람들이 모여 먹을 갈며 "화엄 세상 열어가는 사람들"이 모여 있다. 아마 서예나 문인화를 그리는 모습을 형상하고 있는 것으로 보인다. 「봄, 형산 아래」가 왕신마을의 산집에서 이루어지는 서예를 제재로 한다면, 「심정心淨 도예」는 경주 토함산 어디쯤의 도예원의 모습을 적실하게 묘사하고 있다.

5.

이상 김만수의 시집 원고를 읽어가면서 문장과 제재, 방법적 특징을 살펴보았다. 서두에서 언급하였듯, 김만수의 이번 시들은 곳곳에 빛나는 문장이 그것을 말해 주듯, 이전 시집보다 서정미가 세련을 더하고 지역성과 장소성이 강화되었다는 것을 알 수 있다. 시인에게 가져다주는 문장의 세련미라는 선물을 받기 위해 그동안 쉬지 않고 시를 쓰고 시집을 내는 정진을 했기 때문일 것이다. 그 결과 시인은 과일이 익어가듯 농익어 가는 서정을 독자에게 돌려주고 있는 것이다.

또 하나는 시인이 태어나서 자라고 생업을 하다 노후를 보내고 있는 고향인 포항과 인근 경주 지역을 제재로 한 시가 두드러지게 많은 것이 여러 시편에서 확인되었는데, 이런 지역성과 장소성은 사실성과 개연성을 획득하기 위한 시인 나름의 전략이며, 이는 김만수가 초기부터 시를 써오던 방법을 그다지 바꾸지 않았다는 것을 말해 준다. 방법을 바꾸지 않는 것은 시에 대한 그만의 관념이며 신념이나 지조와 관련된 것이다.

마지막으로 김만수는 시에서 장소에 대한 구체적 명시와 장소 내 사건이나 사물에 대한 묘사를 충실히 하는데, 이는 사실성과 개연성을 넘어 지역의 풍속사나 역사를 시로 읽는 느낌을 준다. 지역성이 민족성이고 민족성이 세계성이다. 김만수는 지역과 장소의 특수성을 내용과 관념의 보편성으로 전환시키는 능숙한 기술을 가지고 있다. 오랫동안 관념에 의존하지 않고 자신의 생활 체험을 시로 옮기는 시의 방식을 사용해 왔기 때문일 것이다.

이는 시 창작 수업기인 1980년대 사회 · 정치적 현실을 행동과 시의 형식으로 대결해 온 김만수만의 방법적 특징이다. 나는 이번 시집에서 김만수가 80년대 시의 방법으로부터 훼절하지 않았다는 긍정적 믿음을 확인했다. 이 시집이 독자들의 많은 사랑을 받길 기원한다.